Alistuva Valokuvaaja

Erika Sanders
Sarja
Dominointi ja eroottinen alistuminen

Synopsis

Julia on ammattivalokuvaaja, joka haluaa ikuistaa ihmisten elämän tärkeitä hetkiä valokuvien kautta .

Kun studiossaan paljastaa viimeiset perheestä ottamansa valokuvat, tiloihin astuu uusi asiakas.

Tällä asiakkaalla, erittäin hyvässä asemassa olevalla ja kuuluisalla johtajalla, on Julialle epätavallinen tehtävä: kuvata aikuisten kohtauksia.

Julia on haluton ottamaan vastaan tätä tehtävää, mutta johtajan tarjous on erittäin mehevä...

Alistuva Valokuvaaja on romaani, jolla on vahva BDSM-eroottinen sisältö ja puolestaan Erotic Domination -kokoelmaan kuuluva uusi romaani, sarja romaaneja, joissa on korkea romanttinen ja eroottinen BDSM-sisältö.

(Kaikki hahmot ovat vähintään 18-vuotiaita)

Huomautus kirjoittajasta:

Erika Sanders on kansainvälisesti tunnettu, yli kahdellekymmenelle kielelle käännetty kirjailija, joka allekirjoittaa eroottisimmat kirjoituksensa, kaukana tavallisesta proosastaan, tyttönimellään.

Indeksi

Synopsis
  Huomautus kirjoittajasta:
  Indeksi
  ALISTUVA VALOKUVAAJA ERIKA SANDERS
  OSA ENSIMMÄINEN Työtarjous
  LUKU 1
  LUKU 2
  LUKU 3
  OSA TOINEN Orjahuone
  LUKU 4
  LUKU 5
  LUKU 6
  LUKU 7
  LUKU 8
  OSA KOLMAS Kultainen naamio ja musta mekko
  LUKU 9
  LUKU 10
  LUKU 11
  OSA NELJÄS Kipu ja ilo
  LUKU 12
  LUKU 13
  EPILOGI
  LOPPU

ALISTUVA VALOKUVAAJA
ERIKA SANDERS

OSA ENSIMMÄINEN
Työtarjous

LUKU 1

Julia istui pienen valokuvausstudionsa pimeässä huoneessa kehittämässä valokuvakuvia.

Valokuvaus oli aina ollut hänen intohimonsa, ja hän teki siitä uransa.

Kolmekymppinen tyttö katseli tarkasti kuvien valmistumista.

Hän ripusti ne kuivumaan ja ihaili hetken heidän työtä rakastavalle perheelle.

Julia keskeytti työnsä kuultuaan kellon soivan ulko-oven avauduttua.

Hän meni vastaanotolle ja näki nelikymppisen naisjohtajan, joka oli pukeutunut kuin joku, joka työskenteli erittäin hienossa toimistossa.

"Hyvää iltapäivää", Julia sanoi lämpimästi hymyillen. "Tervetuloa valokuvausstudiooni. Nimeni on Julia. Kuinka voin auttaa sinua?"

Ammattimainen nainen hymyili takaisin.

"Hci Julia. Nimeni on Catherine."

He kättelivät Julian seisoessa tiskin takana.

"Hauska tavata, Catherine. Voinko tehdä jotain sinulle tänään? Etsitkö jotain erityistä?"

"Itse asiassa olen. Rakastan työtäsi. Minusta olet loistava ottamaan muotokuvia ja vangitsemaan erityisiä hetkiä."

Julia punastui.

"Kiitos. Oletko täällä suosituksesta?"

"Tutkimus, itse asiassa. Mielestäni verkkosivustollasi olevat kuvat ovat mahtavia. Olet erittäin lahjakas nainen."

"Teen parhaani".

"Kuinka tämä prosessi sitten toimii?" Catherine kysyi. "Ottavatko ihmiset sinuun yhteyttä, kertovatko mitä haluavat, ja sitten otat heistä kuvia? Olen ilmeisesti uusi tässä."

"Yleensä se toimii näin. Joskus ihmiset tulevat studiolleni, jos he haluavat saada muotokuviaan, tai joskus he palkkaavat minut kotiinsa."

"Millaisia kuvia yleensä otat?"

"Se riippuu", Julia vastasi. "Jos minun on mentävä ulos, se on yleensä häitä, seremonioita, valmistujaisia ja sen kaltaisia asioita. Studiossani otan yleensä perhekuvia."

"Haitatko, jos esitän sinulle henkilökohtaisen kysymyksen?"

"Eteenpäin."

"Tiedätkö paljon rahaa tällä?"

"Se on ihmisarvoista elämää."

"Julia, en aio tuhlata aikaasi", Catherine sanoi asiallisella äänellä. "Haluan palkata valokuvaajan valokuvaussarjaan. Maksan hyvää rahaa ja vaadin täydellistä harkintaa. Kaikki kuvat ovat aikuisille suunnattuja."

"Sen ei pitäisi olla ongelma", Julia vastasi luottavaisesti. "Olen tehnyt paljon alastontyötä aiemmin. Olen tyytyväinen sellaiseen."

"Millaisia kokemuksia sinulla on siitä?"

"Opistossa minulla oli muutamia alastonkuvan kursseja. Valokuvauksen pääaineessa otin aistillisia alastonmuotokuvia naisille. Se on melko yleinen pyyntö. Oletan, että haluat jotain sellaista."

Catherine hymyili.

"Ei aivan. Se, mitä teen, sisältää hieman enemmän erotiikkaa."

"Onko se pornografista?" Julia kysyi varovasti.

"En ole henkilö, joka tykkää leimata asioista. Tutkin ihmisen seksuaalisuuden rajoja hyvin erityisellä tavalla. Minulla on erityisiä ystäviä ja haluaisin sinun dokumentoivan joitakin istuntojamme ainutlaatuisilla taidoillasi. valokuvaaja".

Julia oli hieman hämmästynyt.

"En voi. Anteeksi. Ei millään pahalla, mutta en luultavasti voinut tehdä parastani siinä ympäristössä."

Catherine kurkotti laukkunsa ja asetti käyntikortin pöydälle.

"Kiitos ajastasi", Catherine vastasi kohteliaasti. "Taiteilijana toivoin sinun olevan avoin kaikille ihmiskehoon liittyvälle taiteen muodoille. Jos olet utelias mitä teen, soita minulle. Toivon silti, että voimme työskennellä yhdessä. päivä."

"Sinä myös. Kiitos kun tulit. Olen pahoillani, etten voi auttaa sinua."

"Älä pyydä anteeksi. Tämä ei sovi kaikille. Korttini takapuolelle olen kirjoittanut summan, jonka maksaisin palveluistasi. Ajattele sitä."

Tämän sanottuaan Catherine kääntyi ja poistui pienestä työhuoneesta.

Se oli ollut epätavallisin tarjous, jonka Julia oli saanut oman valokuvausyrityksen perustamisen jälkeen.

Häntä ei ollut koskaan aiemmin pyydetty mihinkään avoimesti seksuaaliseen.

Hän otti kortin ja katsoi sitä.

Yllätykseksen Catherine oli korkean tason asemassa suuressa investointipankissa kaupungissa.

Julia käänsi kortin ja näki hinnan, jonka Catherine oli valmis maksamaan, ja hän yllättyi.

LUKU 2

Myöhemmin hän ajatteli sitä yötä.

Uteliaisuus oli edelleen Julian mielessä ennen nukkumaanmenoa, vaikka osa hänestä halusi pysyä poissa Catherinesta.

Hän meni roskakoriin, johon hän oli heittänyt sen, ja otti sieltä Catherinen käyntikortin, jonka hän oli rullannut pieneksi palloksi.

Hän avasi sen ja katsoi uudelleen.

Sitten hän meni tietokoneelleen tarkastelemaan asiaa nopeasti.

Lyhyen etsinnän jälkeen Julia löysi Catherinen LinkedIn-sivun.

Catherine oli kokenut liikenainen johtaja, jolla oli korkea asema suuressa investointipankissa.

Catherinen kokemuksen määrä korkealla tasolla yllätti Juliaa.

Julia jatkoi hakuaan verkossa ja löysi Katariinan Facebook-sivun, joka oli avoin kaikille.

Hän katsoi läpi liikenaisen henkilökohtaiset valokuvat.

Catherine oli kaunis, tyylikäs, hienostunut ja hallitseva aura.

Julia ihmetteli, miksi tällainen nainen olisi kiinnostunut ottamaan selkeitä kuvia.

Mutta ilmeisesti jokaisella on salaisuutensa, Julia ajatteli.

Juonittelu riitti Julialle muuttaakseen mieltään.

Loppujen lopuksi kuinka tylsiä nämä kuvat voivat olla?

Varmasti niiden piti olla maukkaita.

Hän avasi sähköpostinsa ja kirjoitti viestin Catherinelle:

Hei Catherine

Toivottavasti sinulla on hauskaa. Olen Julia valokuvausstudiosta. Olen miettinyt tarjoustasi paljon ja saatan harkita kantaani uudelleen, jos olet edelleen kiinnostunut työskentelemään kanssani. Mutta ensin minulla on muutama kysymys. Onko sopiva aika, jolloin voimme puhua puhelimessa? Vai haluatko jatkaa viestintää sähköpostitse? Kerro minulle.

Pidä itsestäsi huolta,

Julia"

Hän katsoi kelloa ja se oli jo yksitoista kaksikymmentäviisi yöllä.

Julia sammutti tietokoneensa ja katsoi käyntikorttia uudelleen.

Hän käänsi sen ympäri ja katsoi Catherinen käsinkirjoitettua viestiä: Viisisataa dollaria tunnissa.

vain uteliaampi, kun hän meni nukkumaan.

LUKU 3

Seuraava aamu oli tyypillinen Julialle.

Kun hänen pienessä studiossaan ei ollut liidejä tai asiakkaita, hän vietti aikaansa pimiössä kehittäen lisää kuvia.

Se oli työlästä työtä, mutta hän nautti siitä.

Kun hän oli valmis, hän poistui pimeästä huoneesta ja katsoi kannettavaa tietokonettaan pöydällään.

Uusia sähköposteja tuli useita.

Julian silmät vilkusivat viestiluettelon yli, joista suurin osa liittyi työhön.

Se, mikä kiinnitti hänen huomionsa välittömästi, oli Catherinen sähköpostivastaus.

Hän avasi sen:

Julia

Olen iloinen, että harkitsit tarjoustani. On parasta, jos tapaamme henkilökohtaisesti keskustellaksemme tästä. Tule toimistolleni perjantaina kahdeksalta aamulla. Varaan sinulle ajan vastaanottoon ja sihteerini päästää sinut sisään.

Katariina”

Lyhyt sähköposti oli enemmän kuin tarpeeksi herättämään Julian kiinnostuksen vielä kerran.

Hän kurkotti laukkunsa löytääkseen keskustan toimistonsa osoitteen Catherinen käyntikortista.

Hän meni verkkoon ja etsi reittiohjeita kotoaan ja piti aikataulunsa selkeänä perjantaiaamuna.

OSA TOINEN
Orjahuone

LUKU 4

Julia seisoi hermostuneena hississä, kun se nousi suureen rakennukseen.

Hän käytti napitettavaa paitaa yrityshameella näyttääkseen sopivalta yritysympäristössä.

Kun hissi vihdoin saavutti kerrokseen, Julia etsi arasti Catherinen toimistoa hänelle oudolta alueelta.

Kun hän löysi hänet, hän lähestyi nuorta sihteeriä, joka päästi hänet toimistoon.

Hän nielaisi hiljaa kävellessään sisään ja tajusi, että hän oli juuri keskeyttänyt Catherinen toimistotyön, oli se sitten mikä tahansa.

"Ole hyvä ja istu", Catherine sanoi kohteliaasti pöytänsä takaa. "Olen iloinen, että muutit mielesi mahdollisen suhteen suhteen."

Julia nousi istumaan ja rentoutui.

"No, ajattelin sitä ja tajusin, että se on luultavasti jotain hyvänmakuista."

"Katsokaa toimistoani. Tietysti kaikki, mitä teen, on maukasta", liikenainen sanoi vitsailevasti.

"Näen sen varmasti."

"Ja olen varma, että tarjoamani raha on auttanut sinua vakuuttamaan, pitääkö paikkansa?"

Julia punastui.

"Se on osa sitä ."

"Hyvä on", Catherine myöntyi. "Arvostan rehellisyyttäsi. Ei ole häpeä haluta lisää rahaa."

"Raha on aina hyvä asia. En ole aivan rikas. Mutta yli kaiken rakastan valokuvaustaidetta. Rakastan kuvien ottamista ihmisistä, jotka kestävät koko elämän. Vaikutat todella mielenkiintoiselta ihmiseltä ja kerrot tarinasi minun kanssani. valokuvat olivat tilaisuus, jota en voinut jättää käyttämättä."

"Tiesin, että valitsin oikean naisen työhön", Catherine hymyili.

"Haluaisitko antaa minulle käsityksen siitä, mitä haluat? Ymmärrän, että tarvitset harkintaa aiheeseen liittyen. Mutta tässä vaiheessa haluaisin tietää, mihin olen ryhtymässä."

"Tunnetko bondage ja BDSM-elämäntapa?"

Julia hämmästyi.

"Kyllä minä olen."

"Mitä voit kertoa minulle siitä?"

Julia mietti hetken.

"Ei paljoa. Tiedän vain ne kliseiset asiat, joita näen televisiosta. Piiskat, ketjut, nahka. Sellaisia."

"Se on vain yksi pieni puoli fetisistä", Catherine selitti. "Todellinen BDSM on dominanssia ja alistumista. Siinä on kyse vallan menettämisestä ja itsensä antamisesta kokonaan toiselle. Tietysti turvallisella ja yksimielisellä tavalla. Piiskat ja ketjut ovat vain työkaluja tietyn tavoitteen saavuttamiseksi. "

"Onko hän emäntä tai jotain?" Julia kysyi arkalla äänellä.

"En pidä tarroista. Mutta luulen, että sopisin tähän kuvaukseen. Häiritseekö se sinua?"

"Ei ollenkaan. Umm, mielestäni naisten voimaantuminen on hieno asia."

"Minä myös", Catherine myöntyi. "Ja tulet näkemään vakavaa naisten voimaantumista, kun tulet erityishuoneeseeni. Suurin osa subtilaistani on voimakkaita liikemiehiä päivittäisessä elämässään. He vaivautuvat saamaan minut polvilleen yksityisesti."

"Ja sinä?"

"Minä mitä?"

"Annatko sinäkin?" Julia kysyi.

Catherine hymyili.

"Tietenkin teen. En tekisi tätä, jos en rakastaisi jokaista sekuntia."

"Kuinka tämä toimii? Tarkoitan, tulevatko he tapaamaan sinua? Mitä sitten? Lyötkö heitä tai jotain?"

"Minulla on erityinen orjahuone ullakollani", Catherine vastasi. "Tapaan erilaisia alistuvia yritysmaailmasta. Se on jotain eksklusiivista. Yleensä viikonloppuisin. Vain tunnin ajan."

"Miksi tunti?" Julia kysyi.

"Se on mielestäni täydellinen aika. Jos se kestäisi liian kauan, asiat alkaisivat satuttaa, huonolla tavalla. Jos se olisi liian lyhyt, ei olisi tarpeeksi ennakkopeliä asioiden rakentamiseen. Tunti on täydellinen aika rakentaa uskomaton huipentuma."

"Se kuulostaa provosoivalta."

"Odota, kunnes näet sen", Catherine sanoi. "Käytän kultanaamaria. Se on kuin alter ego. Kun naamio on päällä, minusta tulee eri ihminen. Jos ihmiset pitävät minua narttuna toimistossa, odota, kunnes olet orjahuoneessani kanssani ." naamio päällä ja ruoska kädessä. Minusta tulee jotain aivan muuta."

Julia oli kiinnostunut Catherinesta.

Se oli uusi seksuaalisen vapauden maailma, jota henkilökohtaiset estot eivät rajoittaneet.

Se hylkäsi hänet tavallaan, mutta samalla hän oli täysin kiehtova.

En malttanut odottaa, että pääsen näkemään sen ja tallentamaan sen kameraan.

"Haluatko minun valokuvaavan koko kokemuksen, eikö niin?" Julia kysyi selventääkseen asiaa.

"Haluan sinun kuvaavan kaikkea paitsi kasvoja. Harkinnanvaraisuus on äärimmäisen tärkeää, sillä pohjani ovat enimmäkseen varakkaita yksilöitä. Et saa tietää keitä he ovat. He ovat aina naamioituneita."

Julian sormet nykivät.

"Olen rehellinen. Tämä kaikki tuntuu minusta oudolta. Minua ei ole koskaan aiemmin pyydetty osallistumaan tällaiseen . En ole nähnyt näitä asioita edes videolla, mikä ei tarkoita, ettenkö olisi nähnyt pornoa. Se kaikki on minulle hyvin uutta."

"Sitten kadehdin sinua", Catherine vastasi.

"Oikeasti, miksi?"

"Koska tulet tutkimaan tätä ensimmäistä kertaa neitseellisillä silmillä."

"Näin tulee varmasti olemaan", Julia vastasi.

"Kerro minulle, oletko tyytyväinen seksielämääsi?"

"Mitä tarkoitat?"

"Oletko seksuaalisesti tyytyväinen?" Catherine kysyi suoraan. "Kummutko miten haluat? Haluaisitko parempia orgasmeja? Haluaisitko jonkun naivan sinua kehosta ja sielusta?"

Julia yllättyi kunnioitetun liikenaisen kysymyssarjasta.

"Seksielämäni voisi olla parempaa", hän myönsi. "Olen sinkku. En ole seurustellut pitkään aikaan. Se on henkilökohtainen hinta, jonka maksan oman yritykseni hoitamisesta."

"Joten masturboit todennäköisesti paljon."

"Enemmän tai vähemmän."

Catherine otti kynän ja muistilehtiön ja alkoi kirjoittaa.

Kun hän oli valmis, hän ojensi kirjeen Julialle.

"Se on asuntoni osoite", Catherine sanoi. "Seuraava istunto on lauantaina kello kymmenen illalla. Älä myöhästy. Saat viisisataa dollaria koko tunnilta. Ota kuvia kaikesta, mitä haluat, paitsi kasvoja tai mitä tahansa, jolla voidaan tunnistaa joku . kuvat kuuluvat yksinomaan minulle. Älä siis julkaise niitä missään. Sihteerilläni on sopimus ja luottamuksellisuuslomakkeet valmiina, jotta voit allekirjoittaa, kun poistut toimistostani. Siinä kaikki toistaiseksi."

Julia nousi seisomaan.

"Kiitos. Odotan innolla tapaamistamme lauantaina."

Catherine nousi myös, ja kaksi naista kättelivät epävirallisesti sopimuksen solmimiseksi.

"Yksi asia vielä, pukeudu mukavaan mekkoon, kun tulet luoksemme. Haluan sinun näyttävän hyvältä."

Julian ilme muuttui.

Sillä hetkellä hän oli juuri tajunnut, mihin hän oli joutunut.

LUKU 5

Tavattuaan sihteerin allekirjoittaakseen lomakkeet ja sopimukset, Julia kiiruhti ulos yritysrakennuksesta raittiiseen ilmaan.

Hänen mielensä oli sekoitus tunteita.

Olin utelias, mutta olin hermostunut.

Olin kiinnostunut, mutta vastahakoinen.

Hän tajusi, että tämä kaikki oli johdossa, mutta oli liian myöhäistä kääntyä takaisin.

Hän oli jo antanut sanansa, hän oli allekirjoittanut sopimukset, eikä paluuta ollut.

Keskustan katu oli täynnä ja hän katseli yrityksen työntekijöiden kävelevän määränpäähänsä, samalla kun hän seisoi täysin hermostuneena.

Julia näki pienen ulkokahvilan ja meni jonoon.

Hän tarvitsi kipeästi jotain vahvaa juotavaa.

Sillä hetkellä, kun Julia astui jonoon, hän kuuli äänen kutsuvan häntä takaapäin.

Kääntyessään ympäri hän näki Catherinen henkilökohtaisen sihteerin lähestyvän häntä hymyillen.

Sihteeri oli yllättävän nuori, parikymppinen, ja hän oli erittäin kaunis.

"Unohdinko allekirjoittaa jotain?" Julia kysyi sihteerin lähestyessä.

"Ei. Kaikki tämä on jo tehty. Olen tauolla ja halusin puhua kanssasi."

"Oi miksi?"

"Tiedän, mihin he ovat palkanneet sinut", hän sanoi. "Kun allekirjoitit asiakirjat, näytit kauhistuneelta, kuin olisit allekirjoittanut sopimusta elämästäsi."

"Voitko syyttää minua siitä, että tunnen näin?"

Sihteeri hymyili.

"Se on normaali tunne. Tiedän tarkalleen, mitä käyt läpi."

"Sinä tiedät sen?" Julia kysyi.

"Kyllä. Sanotaanpa, että kävin läpi laajan haastatteluprosessin saadakseni työpaikan Catherinen sihteerinä."

Ei kestänyt kauan Julian muodostaa yhteys.

Hän tajusi heti, että kaunis nuori sihteeri oli seksuaalisesti alistuva Catherinelle.

Julia teki parhaansa välttääkseen yllätyksiä.

"Niin, sinä ja Catherine?" Julia kysyi vihjailevasti ja uteliaasti.

Sihteeri nyökkäsi ylpeänä.

"Hain paikkaa tietäen, etten ole pätevä työskentelemään huippuluokan naisen palveluksessa. Mutta ajattelin, että minulla ei ollut mitään menetettävää. Hän haastatteli minua henkilökohtaisesti. Saatoin kertoa, että hän piti ulkonäöstäni. Ja ennen kuin tiesin sen , Allekirjoitin paljon samoista asiakirjoista, jotka teit. Sitten hän päästi minut yksityiseen seikkailumaailmaansa."

"Miksi kerrot minulle tämän? En halua kuulostaa töykeältä, mutta se ei ole juuri sitä tietoa, jota pitäisi jakaa."

"Kuulostaa siltä, että saatat tarvita ystävää. En halua sinun hermostuvan."

"Kiitos", Julia vastasi. "Olen kuitenkin jo hermostunut. En voi muuta kuin tuntea, että olen tehnyt suuren virheen. En ole varma, pystynkö käsittelemään tällaista fetissiä."

"Ajattelin samaa, kun aloin olla tekemisissä hänen kanssaan. Olin kauhuissani, kun näin hänen orjahuoneensa ensimmäisen kerran. Käteni tärisivät, kun aloitimme prosessin. Mutta nyt en voi olla ilman sitä."

"Mikä sai sinut muuttamaan mielipidettäsi?" Julia kysyi.

"Ilo."

LUKU 6

Lauantai-ilta.

Julia meni asuntoon kamera kotelossaan ja hänellä oli yllään keltainen mekko, jonka hän oli ostanut nimenomaan tätä tilaisuutta varten.

Kello oli yhdeksän yöllä.

Hän saapui tuntia ennen tapaamista, kun hän nousi hissillä.

Täsmällisyys oli osa työtä.

Kun hän pääsi asuntoon, Julia käveli Catherinen asunnolle ja soitti.

Hänen ei tarvinnut odottaa kauan, että Catherine avasi oven paljain jaloin silkkitakissa.

Catherinen hiukset olivat hyvin muotoillut, samoin kuin hänen täydellinen meikkinsä.

"Olet aikaisin", Catherine hymyili.

"Tykkään aina olla aikaisin. Onko se ongelma? Voin aina palata vähän myöhemmin..."

"Ei, ei, se on hyvä. Tule sisään. Olen iloinen, että olet ajoissa. Se antaa meille mahdollisuuden keskustella lisää."

Julia tuli asuntoon ja ihmetteli kaikkea.

"Kaunis paikka", Julia sanoi ihaillen. "Tämä on upeaa. En ole koskaan nähnyt mitään tällaista kaupungissa."

"Tänä iltana on paljon asioita, joita et ole ennen nähnyt."

"Olet varma, että olet oikeassa. Voinko nähdä orjahuoneesi? Ottaisin siitä mielelläni kuvia juuri nyt."

"Ei vielä", Catherine vastasi. "Haluan sinun ottavan valokuvia, kun kaikki alkaa, en ennen."

"Hyvin."

"Hieman peloissani?"

Julia mietti hetken.

"Hieman. Mutta minä pärjään. Olen kuitenkin ehdottomasti utelias. En ole koskaan ollut mukana missään sellaisessa."

"Olet sellainen nainen, joka tulee nauttimaan tästä. Tunnen sen."

"Mikä saa sinut sanomaan noin?"

"Olen tehnyt tätä pitkään", Catherine vastasi. "Voin kertoa paljon ihmisten seksuaalisista tavoista vain katsomalla heitä. Tämän illan jälkeen olen varma, että tulet innokkaasti takaisin. Tulet koukkuun. Luota minuun."

Julia tunsi olonsa yhtäkkiä epämukavaksi Catherinen olettamuksesta.

Hän yritti pysyä ammattimaisena ja vakavana.

"Joten mitä voit kertoa minulle tämän illan vieraasta?" Julia kysyi vaihtaen aihetta.

"Hän on rikas. Hän on pitkäaikainen ystäväni. Saan häneltä yleensä yritysneuvoja, mutta seksuaalisesti hän ottaa käskynsä minulta. Et näe hänen kasvojaan etkä tiedä hänen henkilöllisyyttään."

"Mihin aikaan hän saapuu?"

"Se on täällä", Catherine hymyili.

"Hän on ...?"

Catherine viittasi käytävään.

"Se on päähuoneessani. Haluatko katsoa?"

Molemmat naiset kävelivät ylellisen asunnon käytävää pitkin.

Julian syke nousi kuin hän tekisi kardiotreeniä.

Hänen sydämensä hakkasi nopeasti, kun Catherine avasi makuuhuoneen oven.

"Siinä se on", sanoi Catherine.

Julia oli melkein yllättynyt nähdessään keski-ikäisen miehen istumassa sängyllä, yllään vain alusvaatteet.

Hänen kasvonsa ja päänsä oli peitetty mustalla nahkanaamolla.

Siinä oli reikiä, jotta hän pystyi näkemään ja puhumaan.

Hän katsoi suoraan Juliaan.

vartalonsa heijasti hänen ikänsä ja hänen vartalonsa oli sileä ja pullea.

Hänen kätensä oli sidottu yhteen köydellä.

"Mitä mieltä sinä olet?" Catherine kysyi rajusti ilkeästi hymyillen.

"En tiedä mitä ajatella".

"No, pelkäätkö sitä, mitä teen hänelle? Kiihottaako tämä sinua millään tavalla? Sinulla täytyy olla ajatuksia siitä."

"Se on varmasti erittäin provosoiva kuva."

Catherine hymyili.

"Jos tämä on mielestäsi provosoivaa, odota ohjelman alkua. Sen aika ei kuitenkaan ole vielä."

Hän sulki makuuhuoneen oven ja he seisoivat käytävällä.

"Sillä välin", Catherine sanoi katsoen valokuvaajan ruumista. "Luulin, että käskin sinun pukeutua kauniiseen mekkoon tänä iltana."

Julia vilkaisi lyhyesti halpaa keltaista mekkoaan.

"Anteeksi. Tämä oli parasta mitä löysin."

"Ei tarpeeksi hyvä. Seuraa minua."

Kaksi naista suuntasivat eri huoneeseen käytävän päässä.

Se oli vierashuone, joka oli yhtä vaikuttava kuin päähuone.

Huone oli siisti ja sänky näytti juuri tehdyltä.

Catherine avasi kaapin ja tutki hetken laajan valikoiman kalliita vaatteita.

Kun hän löysi etsimänsä, hän heitti sen sängylle.

Se oli tyylikäs ja kapea musta mekko.

"Pitä se päälle", Catherine sanoi. "En halua sinun käyttävän mitään muuta kuin sitä, en edes kenkiäsi."

"Entä minun rintaliivit ja pikkuhousut?"

" Ei kumpaakaan. Tuleeko siitä ongelma?"

Julia pudisti päätään.

"Ei."

"Hyvä. Pukeudu tähän huoneeseen. Palaan pian, kun saan saappaani jalkani ja pääsen eroon tästä kaapusta."

"Hyvin."

"Oletko valmis tähän?" Catherine kysyi.

"Minä olen."

"Näytät epämukavalta. On okei olla hermostunut. Mutta jos et halua jatkaa, sekin on okei. Voin aina löytää jonkun toisen ja jopa maksan sinulle tästä illasta."

Julia veti lyhyen henkeä.

"Ei. Haluan tehdä tämän. Puen mekkoni päälle ja olen valmis, kun sinä olet."

"Erinomainen", Catherine hymyili ennen kuin kääntyi kävelemään pois.

Julia jätettiin yksin ylelliseen vierashuoneeseen.

Hän katsoi sängyllä makaavaa mustaa mekkoa ja ihmetteli sen arvoa. Se näytti kalliilta.

Hän laski kameran alas, riisui sitten keltaisen mekkonsa ja heitti sen sängylle.

Hän riisui kenkänsä.

Lopulta hän riisui rintaliivit ja pikkuhousut, kuten Catherine pyysi, ja seisoi alasti huoneessa.

Hän tuijotti alaston ulkonäköään peilistä ja huomasi kuinka normaalilta hän näytti.

Hän otti mustan mekon ja puki sen päälle ja katsoi sitten itseään uudelleen peilistä.

Tällä kertaa hän näytti hyvin erilaiselta.

Hän vaikutti luokan ja eleganssin naiselta.

"Kaunis", Catherinen ääni sanoi käytävältä.

Julia oli yllättynyt siitä, että häntä oli tarkkailtu, mutta hän ei ollut varma kuinka kauan.

Hänen silmänsä laajenivat , kun hän näki Catherinen mustassa korsetissa ja pitkissä mustissa saappaissa.

Catherinen ulkonäkö oli jyrkässä ristiriidassa hänen tavallisen ammattiasunsa kanssa.

"Voi kiitos", Julia vastasi hiljaa. "Näytät myös kauniilta."

"Nyt on aika. Olen avannut erikoishuoneeni. Se on käytävällä. Odota minua siellä kamerasi valmiina, niin tuon erikoisvieraamme. Voit vapaasti ottaa kuvia miten haluat. Voitin en anna sinulle ohjeita työsi tekemiseen. Se on sinusta kiinni."

"Kiitos."

Catherine astui sivulle ja ilmoitti Julialle, että oli aika mennä orjahuoneeseen yksin.

Julia hengitti pehmeästi, ja iso kamera kädessään hän juoksi Catherinen ohi ja suuntasi käytävää kohti avointa huonetta.

LUKU 7

Orjahuone oli suuri ja seinät peitetty mustalla pehmusteella.

Se oli erittäin hyvin valaistu huone.

Julian silmät pyyhkäisivät näytteillä olevien erilaisten seksuaalisten esineiden ja vempaimien yli.

Siellä oli laaja valikoima dildoja, seksileluja, ketjuja ja puristimia.

Huoneessa oli tuoli ja pöytä, jotka olivat ainoat saatavilla olevat huonekalut.

Seinällä oli suuri kello varmistaakseen, että jokainen istunto kesti tasan tunnin.

Vasta kun hän kuuli Catherinen kantapään naksahtavan äänen lattialla, Julia muisti, että hänellä oli tietty tehtävä tehtävänä.

He olivat saapumassa, ja Julia valmisteli kameransa ottamaan valokuvia.

Ensimmäinen asia, jonka Julia näki astuvan huoneeseen, oli keski-ikäinen mies, hänen kätensä edelleen sidottuna ja kasvonsa peitettynä henkilöllisyytensä suojelemiseksi.

Julia otti hänestä kuvan.

Sitten Catherine astui huoneeseen.

Hän käytti kiiltävää kultaista naamiota, joka peitti hänen kasvonsa, mutta antoi hiuksensa pudota vapaasti.

Naamio näytti siltä kuin se olisi luotu 1400-luvulla jollekin kuninkaalliselle perheelle, Julia ajatteli.

Julia otti kuvia Catherinesta, joka johti miehen huoneeseen ja sulki sitten oven.

Julia katseli uteliaana, kuinka sidottu mies joutui polvistumaan.

Catherine käski hänet polvilleen ja olemaan hiljaa.

Julia otti lisää kuvia.

Catherine käveli seksilelukokoelmansa luo ja etsi haluamaansa.

Hän päätti lopulta pitkän, lihanvärisen dildon.

Mutta hän ei ollut vielä valmis.

Hän kiinnitti dildon vyöhön ja pujasi sen sitten nahkaisen korsettinsa päälle.

Julia otti lisää kuvia.

"Oletko valmis tänä iltana?" Catherine kysyi alistuvalta mieheltä.

"Mmm... Hmmm..." hän mutisi takaisin.

"Hyvä poika", Catherine sanoi alentuvalla äänellä. "Nyt haluan sinun pienen perseesi kumartuneena pöydän yli."

Mies nousi seisomaan ja asettui pöydälle, vatsa sen päällä ja jalat erillään.

Mies osoitti tehneensä tämän useita kertoja aiemmin ja nauttivansa joka hetkestä riippumatta siitä, kuinka myrskyiseltä tai alentavalta kokemus tavallisesta ihmisestä tuntui.

Catherine otti pienen puisen melan ja alkoi naputella varovasti miehen takaa.

Aluksi se oli pehmeä, ikään kuin hän olisi välittänyt hänen hyvinvoinnistaan.

Lapiolla hän alkoi lyödä sitä kovemmin, sitten vielä kovemmin.

Mies alkoi mutisemaan suullaan iskujen voimistuessa.

Julia tuntui melkein pahalta hänen puolestaan, mutta hän teki työnsä ja otti kuvia hänen puolestaan.

"Pidätkö siitä, pikku possu?" Catherine sanoi hänelle jatkaen lapion käyttöä.

"Mmm... Hmm..."

"Minulla on sinulle jotain muuta."

Catherine laski lapion ja sitoi miehen kädet ja nilkat pöydän eri kulmiin.

Hän jäi kiinni.

Hänen luottamuksensa oli täysin Catherine.

Hän oli hänen tahtonsa ja hänen armonsa mukaan.

Hän nappasi pullon liukastetta ja siveli suuren määrän sormenpäähän.

Julia otti lähikuvia Catherinen voideltuun sormesta.

Julia otti sitten lähikuvia sormesta, joka meni miehen peräaukon sisään.

Hän voihki, kun Catherinen sormi tunkeutui häneen.

Sitten hän työnsi kaksi sormea.

Sitten kolme.

Julia ihmetteli, nauttiko mies siitä.

Mutta se ei ollut hänen asiansa.

Julian tehtävänä oli ottaa kuva tunkeutumisesta, ja hän teki sen, kamera otti kaiken.

Julian vatsa melkein putosi, kun hän näki Catherinen asettuvan miehen taakse ja hänen vyötärölleen kiinnitetty suuri penis osoitti suoraan miehen taakse ojennettuna.

Julia oli valmis huutamaan ja anomaan pöydällä olevan avuttoman miehen puolesta.

Hän halusi lopettaa tämän hulluuden hänen puolestaan.

Mutta hän ei tehnyt.

Se ei ollut hänen roolinsa.

Hänen suunsa oli epäuskoisena auki , ja hän laski kameran hetkeksi alas, jotta hän näki peräaukon tunkeutumisen omin silmin.

Se oli järkyttävä näky.

Hän nosti kameransa, osoitti sen suoraan peräaukon läpivientiin ja otti lisää kuvia.

LUKU 8

Maanantai.

Oli aikainen aamu ja Julia seisoi pimeässä huoneessaan ja kehitteli kaikkia Catherinea varten ottamiaan valokuvia.

Kuvia oli kaikkiaan yli kaksisataa.

Ensimmäiset erät olivat valmiita.

Kuvanlaatu oli hyvä, ja hän ihaili omaa työtään.

Hän tiesi, että Catherine olisi tyytyväinen tapaan, jolla hän valloitti orjuuden huoneen.

Hän tiesi, että Catherine pitäisi myös siitä, kuinka alistuva mies vangittiin.

Siellä oli kuvia, joissa Catherine vangittiin hänen asussaan, ja lähikuvia kultaisesta naamiosta.

Julia katsoi lyhyesti jäljellä olevia elokuvanauhoja, jotka hän oli ottanut.

Hän katsoi kuvamateriaalia miehestä, joka imi seksiesinettä, häntä piiskattiin ja sitten iso vyö sodomoi pitkään.

Hänen sydämensä syke nousi.

Sitten hän katsoi kuvamateriaalia, jossa Catherine ravisteli miestä.

Tämä oli ampunut massiivisen siemennesteen lattialle, jonka hänet sitten käskettiin puhdistamaan kielellään.

Julia tunsi polttavan tunteen jalkojensa välissä.

Hän oli kiihtynyt hänen pimeässä huoneessaan, aivan kuten hän oli ollut Catherinen orjahuoneessa.

Hän avasi housunsa napit ja liukui oikean kätensä alas housuihinsa.

Hän katseli elokuvan kehitystä, kun mies imesi dildoa polvillaan ja kosketti itseään seksuaalisesti.

Hän muisti kaiken, mitä tunsi nähdessään kaiken ensimmäistä kertaa.

Hän visualisoi hänet sodomoituneena ja Catherine masturboivan häntä.

Hän kosketti itseään ajatellen miestä, joka imee Catherinen tissiä .

Hän ajatteli kaikkia sanallisesti alentavia kommentteja, joita tämä oli hänelle esittänyt, ja vaikeaa tilannetta, johon hän oli joutunut.

Sitten Julia kuvitteli olevansa miehen asemassa.

Hän pohti, voisiko hän nauttia siitä, että hänet pakotettiin imemään dildoa ja sodomisoitumaan sellaisessa alentavassa asennossa.

Kun hän sai orgasmin pimeässä huoneessa, hän tajusi, että vastaus oli kyllä.

OSA KOLMAS
Kultainen naamio ja musta mekko

41

LUKU 9

Kaksi kuukautta myöhemmin Julialla oli yllään uusi mekko, kun hän meni Catherinen toimistoon.

He olivat kutsuneet hänet yksityiseen tapaamiseen.

Saavuttuaan asuntoon epäröimättä hän keskusteli lyhyesti sihteerin kanssa, ja hänet päästettiin Catherinen toimistoon.

Kaksi naista tervehtivät toisiaan halaamalla ja molemmat istuivat omilla paikoillaan, Catherine suuren pöytänsä takana ja Julia häntä vastapäätä.

"Voin rehellisesti sanoa, että olet paras työntekijä, joka minulla on koskaan ollut", Catherine sanoi. "Se tarkoittaa jotain, kun otetaan huomioon pätevien ihmisten määrä, jotka ovat työskennelleet minulle vuosien ajan."

Ylpeyden tunne valtasi Julian.

"Kiitos. Teen parhaani."

"Pidätkö siitä, että olen työnantajasi? Minulla on maine todellisena narttuna, mikä on hyvin ansaittua."

"En usko, että olet ollenkaan narttu", Julia vastasi leikkisästi. "Mielestäni olet vahva nainen. Ja olet helposti kiehtovin työnantaja, joka minulla on koskaan ollut. Jokainen viikko on mahtava. Rakastan sitä. Odotan aina tapaamisiamme."

"No, valitettavasti palvelujasi ei enää tarvita", Catherine sanoi tylysti liikesävyllä. "Olet suorittanut tehtäväsi valokuvaamalla kaikki subtiaani. Mielestäni olet tehnyt upeaa työtä. Työsi on ylittänyt odotukseni."

Julia hämmästyi.

Hän oli rakastanut Catherinen salaisesta seksielämästä nauttimista, katselemista ja kuvien ottamista.

Hänen viikon jännityksensä oli mennä hänen asuntoonsa lauantai-iltaisin.

Ja hän masturboi yksityisesti joka kerta kun tuli kotiin.

Hän oli myös ihastunut Catherinen seuraan viikoittain.

"No, olen iloinen, että pidit työstäni", Julia vastasi yrittäen olla kuulostamatta tuhoiselta.

"En ole ainoa, joka pitää siitä. Kaikki miespuoliseni tilaajani ovat yhtä mieltä siitä, että olet tehnyt erinomaista työtä valokuvauksenne kanssa. Saat tästä reilun bonuksen. Kun lähdet toimistostani, sihteerini ojentaen sinulle kirjekuoren, jossa on rahaa."

"Oikein kilttiä sinulta."

Catherine hymyili.

"Se ei ole ongelma."

"Voimmeko mitenkään... voimme... jatkaa tätä?" Julia kysyi kaikella luottamuksellaan. "Valokuvaajana uskon, että voimme tutkia paljon muutakin, mitä emme ole vielä tehneet."

Catherine kohotti kulmakarvojaan.

"Todellako? Joten ujo pikku valokuvaaja haluaa jatkaa työtäni. Se on mielenkiintoista."

"No, olen kiinnostunut harrastuksestasi", Julia myönsi itsestään huolimatta. "Se on kiehtova asia, ja mielestäni olemme tehneet hienoa työtä yhdessä taiteen tekemisen suhteen."

Catherine mietti sitä hetken.

"Minulla saattaa olla jotain muuta sinulle. Ei takuita. Mutta se voi olla ulottumattomissasi."

Julian huomio heräsi yhtäkkiä.

"Mikä se on?"

"Korjuusfetissi on yleisempää liike-elämässä kuin luuletkaan. Se on erittäin suosittu vaikutusvaltaisten miesten keskuudessa, koska he rakastavat roolien vaihtamista. He rakastavat luovuttaa hallintansa viettelevLille naisille oltuaan kaiken pomo. " päivä. Oletko sinä kiinnostaa toistaiseksi?"

"Varma."

"Hienoa. Otan yhteyttä tapahtuman järjestäjiin ja katson, voitko liittyä."

"Tapahtuma?" Julia kysyi.

"Joo, se on pieni tapahtuma, joka tapahtuu silloin tällöin. Se on pohjimmiltaan orjuusjuhla, jossa rikkailla ja voimakkailla on todella hauskaa, kuten aikuisilla."

"Se kuulostaa sellaiselta, jonka haluaisin nähdä."

Catherine hymyili.

"Sinulla ei ole aavistustakaan. Se on niin likaista ja mautonta, että kaikki ovat naamioituneita. Kaikki on täysin huomaamatonta. Lisäksi se on perinne."

"Mitä minä siellä tekisin?"

"Ota kuvia. Mitä muuta se olisi? Ehkä tapahtuman järjestäjät haluavat mukavia kuvia matkamuistoksi tai jotain."

"Voin varmasti tehdä sen", Julia vastasi. "Ollakseni rehellinen, siitä lähtien, kun aloin ottaa kuvia bondage-istunnoistasi, kaikki muu, mitä teen töissä, näyttää siihen verrattuna aika tylsältä."

Catherine hymyili.

"Tiesin, että sinä pidät siitä. Sinä olet sellainen tyttö. Jos nyt annat anteeksi, minulla on treffit muutaman minuutin kuluttua."

"Voi, tietysti. Kiitos ajastasi."

Julia nousi seisomaan ja ojensi kätensä kättelemään ennen lähtöään.

"Yksi asia vielä", Catherine lisäsi. "Muut ystäväni eivät aina pelaa laillisesti. Joten jos haluat jatkaa työtäni, sinun on oltava varma."

"Olen varma."

Catherine nyökkäsi.

"Ajattelin niin. Pidämme yhteyttä. Palaamme sinuun pian."

LUKU 10

Viikkoa myöhemmin.

Oli aikaisin tiistaiaamu.

Julia heräsi sarjaan koputuksia oveen.

Hän nousi sängystä, katsoi itseään hetken peilistä ja avasi sitten oven.

Hänen yllätyksensä se oli Catherinen sihteeri, jolla oli pieni paketti.

"Hyvää huomenta", sihteeri sanoi säteilevästi hymyillen.

"Hyvää huomenta, tule sisään."

Sihteeri astui pieneen asuntoon paketin kanssa, ja Julia sulki oven.

"Anteeksi, että häiritsin sinua näin aikaisin", sanoi sihteeri. "Olen kiireinen loppupäivän, joten tämä oli ainoa kerta, kun minulla oli."

"Älä huoli. Haluatko kahvia tai jotain juotavaa?" Julia kysyi.

"Olen kunnossa, kiitos paljon."

"Mikä sitten toi sinut tänne tänä aamuna?"

"Catherine on ottanut yhteyttä tapahtuman järjestäjiin", vastasi sihteeri. "Kaikki rakastavat työtäsi ja ajattelevat, että valokuvasi olisivat tervetulleita."

"Tämä on hieno uutinen. Haluaisin osallistua."

"Ehto on kuitenkin olemassa."

"Mikä se on?" Julia kysyi.

"Korjuustapahtuma on eksklusiivinen, eikä vieraita päästetä sisään. Siksi sinun on saatava vihkimys, ennen kuin voit ottaa valokuvia siellä."

Uutinen herätti Julian vahvempana kuin mikään kuppi kahvia.

"Mitä tarkoitat?"

"Uusia jäseniä varten on aloitusprosessi. Minulle kerrotaan, että sitä ei voi kiertää. Sinun on tehtävä, jos haluat jatkaa työskentelyä Catherinen hyväksi."

"No, mitä tämä vihkimys vaatii? Jotain äärimmäistä?"

"Se muuttuu joka kerta", vastasi sihteeri. "Sain vihkimyksen muutama vuosi sitten, ja se oli melko hiljaista. Mutta muille ihmisille, vau. En toivoisi, että se olisi ollut he."

Yhtäkkiä Julia tunsi mielensä pyörivän.

Hän halusi työpaikan yli kaiken, eikä hän halunnut pettää Catherinea kieltäytymällä.

"Sano Catherine, että teen sen", Julia sanoi.

Sihteeri hymyili ja asetti paketin läheiselle pöydälle.

"Hän tiesi, että olisit kiinnostunut. Tämä on sinua varten."

"Mikä se on?"

"Avaa se niin näet."

Julia nosti pakkauksen kantta nähdäkseen kultaisen naamion hienolla mustalla kankaalla.

Naamio oli tyylikäs ja samanlainen kuin Catherine käyttää jokaisen bondage-istunnon aikana.

"Mitä varten se on?" Julia kysyi, kun hän otti naamion tutkiakseen sitä.

"Sinun on käytettävä sitä tapahtumassa. Se on samaa tyyppiä kuin Catherine, jolloin ihmiset tietävät, että olet hänen vieraansa ja hänen substanssinsa."

Julia jatkoi hänen katsomistaan.

"Se on kaunis naamio."

"Se varmasti on. Pakkauksessa on myös asu. Sinun täytyy käyttää sitä. Ei mitään muuta kuin korkokengät."

Julia nosti ohuen mustan kankaan pakkauksesta.

Se oli täysin läpinäkyvää.

"Enkö saa käyttää mitään muuta alla?" Julia kysyi.

"Ei, ei mitään. Tapahtuma alkaa lauantaina kello seitsemältä illalla. Kuljettaja tulee hakemaan sinut kuudelta, joten ole varautunut. Autolle kävellessä saa käyttää vartaloasi peittävää takkia, mutta ota se pois kerran, kunnes saavut tapahtumaan. Muista ottaa maski ja kamera mukaan."

"Saanko kysyä sinulta henkilökohtaisen kysymyksen?"

"Toki", vastasi sihteeri.

"Luuletko, että pystyn selviytymään tästä? Tarkoitan, että uskotko, että pystyn käsittelemään sitä, mitä tapahtumassa tapahtuu?"

Sihteeri hymyili.

On vain yksi tapa selvittää."

LUKU 11

Lauantai-ilta.

Hissin ovi avautui ja Julia käveli reippaasti kerrostalonsa käytävää pitkin.

Hänellä oli jalassa korkokengät ja iso takki.

Alla hän käytti läpinäkyvää mustaa mekkoa eikä mitään muuta.

Hän piti kädessään pakettia, jonka sisällä oli kultainen maski, ja toista laatikkoa, joka sisälsi hänen kameransa.

Hän käveli niin nopeasti kuin pystyi, jotta kukaan ei näkisi häntä.

Musta auto odotti häntä, kuljettaja piti ovea auki.

Kun hän nousi autoon, hän näki Catherinen istumassa takapenkillä.

Kun Julia oli istuutunut, kuljettaja sulki oven ja suuntasi kohti määränpäätä.

"Näytät söpöltä tuossa asussa", Catherine sanoi. "On mukavaa nähdä sinut jossain hieman seksikkäämmässä kuin mitä tavallisesti käytät."

"Kiitos. Näytät myös hyvältä."

Julian silmät kulkivat Catherinen vartalolla, joka oli paljon alastomampi.

Catherine ei hämmentynyt istuessaan autossa vain ohuessa mustassa mekossa.

Hänen vartalonsa jokainen kaari oli täysin näkyvissä, ja hänen suuret ruskeat nännensä näkyivät ohuen materiaalin läpi.

"Vaikutat hieman hermostuneelta", Catherine huomautti.

"Enemmän tai vähemmän. Tämä koko prosessi on minulle melko pelottava. Kuulin, että minun täytyy käydä läpi aloitus."

Catherine hymyili.

"Kuulit oikein."

"Voitko edes antaa minulle käsityksen siitä, mitä tapahtuu?" Julia kysyi ujosti.

"Pelkään, että en, kulta. Mutta älä huoli. Olet hyvissä käsissä."

"Toivon niin. Jumala, tämä on vähän pelottavaa."

"Miksi sitten olet täällä?" Catherine kysyi suoraan. "Mikä on todellinen syy? Sen täytyy olla jotain muutakin kuin ammatillista uteliaisuutta. Myönnä se, olet salainen lutka."

"En ole huora."

"Sitten minun pitäisi ehkä pyytää kuljettajaa kääntämään tämä auto ympäri ja ajamaan sen takaisin asuntoosi.

"Odota", Julia vastasi nopeasti. "Olen täällä, koska pidän siitä, mitä teet. Minusta se on jännittävää. Haluan seurata sinua."

"Onko sinulla fantasioita liittymisestä? Oletko koskaan ajatellut, että joutuisit piiskatuksi, pakotetuksi pitämään hihnaa kanssasi tiukkojen aukkojen sisällä?"

"Kyllä vain."

Catherinen kasvoille ilmestyi ilkikurinen hymy.

"Tietenkin. Tiesin, että sinulla on alistumispotentiaalia siitä päivästä lähtien, kun astuin studioosi. Yleensä hiljaiset tytöt tekevät suurimmat lutkat."

"En ole huora."

"Aloituksen pitäisi huolehtia siitä. Muista, että kukaan ei pakota sinua olemaan täällä. Voit lähteä milloin haluat."

Pelon ja jännityksen väre levisi Julian selkärankaa pitkin.

Hän ihmetteli, mitä Catherine tarkoitti, mutta Catherine vain käänsi päätään kevyesti hymyillen ja katsoi ulos auton ikkunasta.

OSA NELJÄS
Kipu ja ilo

LUKU 12

Turvaportit avattiin ja auto päästettiin suurelle tontille.

Auto pysähtyi kartanon eteen, ja kaksi naista pääsivät ulos siitä.

"Täällä puimme naamiomme", Catherine sanoi. "Ja riisu takkisi. On aika esitellä sitä kaunista vartaloasi."

Julia riisui takkinsa ja heitti sen autoon.

Kevyt tuuli muistutti häntä siitä, kuinka haavoittuvainen hän oli.

Hän tunsi jalkojensa välisen tilan pistelyn kylmästä ilmasta.

Hänen vaaleanpunaiset nännit jäykistyivät toisesta tuulista.

Julia sulki jalkansa tiukasti yrittäessään peittää naiseutensa.

Molemmat naiset pukivat kultaiset naamionsa.

Julia kurkotti autoon ja tarttui kameraansa.

He sulkivat ovet ja auto ajoi pois.

Kartanon sisäänkäyntiä vartioi kaksi vahvaa miestä.

He käyttivät myös naamioita ja pysyivät hiljaa näiden kahden naisen lähestyessä heitä .

"Salasana kiitos", kysyi yksi naamioituneista vartijoista.

"Pyyhe", Catherine vastasi.

"Voitte jatkaa, naiset."

Vartija avasi oven ja he astuivat sisään kartanoon.

Julia ihmetteli rakennuksen ylellisyyttä.

Se näytti olevan rakennettu kuninkaalliselle perheelle.

Seinillä oli esillä maalauksia, koristeita ja keräilyesineitä.

Sisäänkäynti, jonka kautta he astuivat sisään, oli peitetty suurella punaisella matolla.

He kävelivät suuren salin läpi.

"Sinun täytyy odottaa hetki vierashuoneessa", Catherine sanoi. "Joku tulee pian etsimään sinua."

Julia veti syvään henkeä.

"Hyvin."

"Sinä pärjäät. Rauhoitu."

"Voitko kertoa minulle, mitä tapahtuu?" Julia kysyi. "Olisin vähemmän hermostunut, jos tietäisin."

"Ei. Odota huoneessa, kunnes joku tulee hakemaan sinua. Pidä naamiosi päällä ja jätä kamerasi sinne. Myöhemmin on runsaasti aikaa ottaa kuvia."

Catherine avasi oven ja viittasi Juliaa tulemaan huoneeseen.

Huone oli yksinkertainen, ja siinä oli puukalusteita.

Julia veti syvään henkeä ja meni sisään.

LUKU 13

Hän menetti käsityksensä siitä, kuinka kauan hän odotti.

Hän ei koskaan ottanut naamariaan pois.

Istuttuaan ja odottaessaan kyllästyään Julia seisoi peilin edessä ja katsoi itseään.

Naamio oli ihana.

Ja hän ei voinut lakata ajattelemasta, kuinka hänen vaaleanpunaiset nännit ja emättimensä näkyivät mekon ohuen kankaan läpi.

Hän kyseenalaisti itsensä ja syynsä olla paikalla.

Ennen kuin ehdin ajatella enempää, oveen koputettiin.

Sisään astui nainen, täysin alasti, yllään vain kultainen naamio.

"Seuraa minua", alaston nainen sanoi pehmeästi.

Julia seurasi häntä ulos huoneesta ja käytävää pitkin.

Se oli muuttunut tummemmaksi.

Monet valot oli sammutettu ja kynttilöitä paloi suuri määrä joka suuntaan.

Käytävällä seisoi joukko naamioituneita ihmisiä.

Jotkut olivat alasti, jotkut pukeutuivat.

Heillä kaikilla oli naamio.

He seisoivat ympyrässä, Catherine seisoi keskellä.

Catherine oli täysin alasti naamiota lukuun ottamatta.

Se oli ensimmäinen kerta, kun Julia näki Catherinen täysin alaston ruumiin.

Julia ihaili hänen sävyistä vartaloaan ja ylellisiä käyriä suurilla ruskeilla nänneillä.

Julia johdettiin ympyrän keskelle seisomaan suoraan Katariinan edessä.

Muut huoneessa olleet naamioituneet vieraat pysyivät hiljaa.

"Tervetuloa Julia", Catherine sanoi. "Valiokunta päätti hyväksyä hänet yksityiseen klubimme. Päätös ei ollut helppo, mutta hänen työnsä laatu ja harkintakyky sallivat hänen pääsyn. Tälle hyväksymiselle on kuitenkin ehtoja, haluatko tietää, mitä he ovat?

"Kyllä", Julia nyökkäsi hermostuneena.

"Ensinnäkin sinun on koettava seksuaalinen alistuminen, jotta ryhmä näkee. Toiseksi minun on käytettävä viittätoista vaateklipsiä kehossasi prosessin aikana. Lopuksi sinun on saatava orgasmi vähintään kahdesti seuraavan tunnin aikana. Kaikki ehdot ovat pakollisia. Voit hyväksyä ne tai lähde."

Julia veti syvään henkeä.

"Olen samaa mieltä."

"Kerro meille, miksi olet samaa mieltä. Miksi haluat, että sinulle tehdään tällaisia tuskallisia ja halventavia tekoja? Olet erittäin suloinen tyttö."

Julia mietti hetken.

"Kahden viime kuukauden aikana tapahtumienne katselu on avannut silmäni jollekin uudelle. Haluan jatkossakin olla osa tätä."

"Vaikka se tarkoittaisi, että joudut käymään tämän vihkimisen läpi?" Catherine kysyi.

"Joo."

"Ja mitä se tekee sinusta?"

"Horassa."

Catherine nyökkäsi.

"Ota asusi pois. Näytä meille kaunis vartalosi."

Julian selkärankaa oli kylmä.

Naamioista huolimatta Julia tunsi huoneen jokaisen silmän odottavan innokkaasti.

Hän liukastui läpinäkyvän asun alas jaloilleen jättäen itsensä täysin alasti.

Hän vastusti halua ristiä jalkansa ja antoi puhtaaksi ajetun haaransa pysyä paljaana.

Hän vastusti myös halua peittää pienet rintansa ja antoi vaaleanpunaisten nännensä työntyä ulos.

Catherine astui eteenpäin ja oli vain muutaman tuuman päässä Juliasta.

Hän ojensi kätensä ja kosketti Julian pientä rintaa silitellen hänen kättään hellästi.

Hän ympyröi vaaleanpunaista nänniä sormellaan ja puristi sitä sitten lujasti.

"Oho..." Julia huokaisi.

"Satutanko sinua?"

"Vähän."

"Lopetetaanko sitten?"

Julia tiesi, että hänelle annettiin hienovarainen uhkavaatimus.

"Ei. Älä lopeta."

Catherine puristi nänniä vielä kovemmin, mikä sai Julian taas haukkomaan henkeään.

"Et ehkä pidä tästä aluksi. Mutta sinä..."

Naamioitunut alaston nainen lähestyi heitä pitämällä tyynyä, jossa oli pieni pino pyykkipoikia.

Catherine otti yhden pidikkeistä, avasi sen ja asetti sen Julian nänniin.

Hitaasti hän antoi klipsin puristaa nänniä, pikkuhiljaa.

Catherine vapautti puristimen, joka puristui lujasti nänniin, mikä sai sen turpoamaan.

"Se sattuu paljon", Julia sanoi hiljaa epätoivoisesti.

"Haluatko lopettaa? Ehdoista ei voida neuvotella."

"Kuinka kauan klippi on siellä?"

"Kunnes saat orgasmin kahdesti tänä iltana. Voin nopeuttaa asioita, jos haluat. Se olisi helpompaa aloittelijalle kuin sinä."

"Ole kiltti..."

Catherine löysi toisen pyykkipoikan ja käytti sitä armottomasti Julian toiseen nänttiin.

"Ahhh..." Julia huudahti.

"Siinä on kaksi leikettä tähän mennessä. Kolmetoista jäljellä."

"Mihin aiot laittaa ne?" Julia kysyi melkein peloissaan.

Catherine kumartui eteenpäin ja kuiskasi Julian korvaan.

"Entä häpyhuulinne? Se on perinteinen paikka naiselle. Haluatko lopettaa kärsimyksen vai liittyä klubimme?"

Se oli piste, josta ei ollut paluuta.

Julia teki päätöksensä hetkessä, vaikka hänen nännit olivat kipeät.

Hänen nännit vaaleanpunaisten sijaan muuttuivat tumman punaiseksi.

"Kieltäydyn antamasta periksi."

"Sitten makaa selällesi. Ja levitä jalkasi."

Julia makasi selällään kokolattiamatolla jalat leveästi.

Hänen naisellisuutensa paljastui täysin ja odotti vaateklipsien tuskaa.

Catherine polvistui ja käytti aikaa tutkiakseen edessään olevaa kusipäätä.

Hän tutki sitä ja ihaili sitä.

Catherine otti vaateklipsien, avasi sen ja kohotti Julian huulten vasenta puolta.

"Tämä voi sattua hieman", Catherine varoitti. "Olet aikuinen nainen. Toimi siis sellaisena."

Näillä varoituksen sanoilla Catherine julmasti julkaisi leikkeen, jolloin hän yhtäkkiä puristi huulensa ja sai Julian huutamaan.

Catherine hymyili ja kurkotti toisen leikkeen, tällä kertaa vapauttaen sen varovasti huulilleen.

Toisen pidikkeen aiheuttama paine sai huulet vaihtamaan muotoa.

Catherine jatkoi prosessia, kunnes Julian huulten vasen puoli peittyi pyykkinauhoilla.

"Miltä pillusi tuntuu?" Catherine kysyi.

Julia lepäsi päänsä matolle ja taisteli nännensä ja huultensa kipua vastaan, jotka olivat puristuksissa vaatteiden pidikkeistä.

"Se satuttaa minua paljon".

"Se osoittaa, että olet ihminen. Olen ylpeä sinusta, että olet kestänyt näin kauan. Vihkimyksenne on tiukempi kuin useimmat, koska taloudellinen taustasi ei ole sama kuin meillä ja sinulla ei ole orjuutta."

"Ymmärrän."

"Hyvä narttu. Vaikea osuus on melkein ohi."

Catherine kurkotti toista vaateklipsiä, tällä kertaa asettaen sen varovasti Julian oikeille huulille.

Julia ei enää perääntynyt eikä voihkinut.

Hän oli jo tottunut kipuun herkillä seksuaalialueillaan.

Kuvio jatkui, kunnes kaikki klipsit käytettiin Julian pilluun.

Emätin, joka oli kerran söpö ja viehättävä, oli yhtäkkiä muuttunut epämuodostukseksi.

Häpyhuulet venyivät eri suuntiin kuin savea.

Catherine katsoi Julian vaaleanpunaisen pillua sisään ja näki, että se oli märkä.

"Olet valmis ensimmäiseen orgasmisiisi", Catherine sanoi. "Eikö se ole näin?"

"Minä olen."

Catherine nyökkäsi Julian kusipäätä varoittamatta.

Järkytys sai Julian huutamaan harvinaisessa kivun ja nautinnon yhdistelmässä.

Julian piiskaaminen jatkui, kunnes Catherinen sormenpäät peittyivät emätinnesteisiin.

"Olet kastunut, rakas", Catherine sanoi. "Luulen, että olet valmis."

Tällä Catherine työnsi kaksi sormea kusiensa sisään ja käytti toisen kätensä sormia leikkiäkseen Julian klisillä.

Se oli voimakas yhdistelmä.

Hänen sormensa olivat taitavia miellyttämään muita naisia seksuaalisesti.

Sormilla sitä työstettiin erityisellä ja taitavalla tavalla.

Julia voihki ilosta.

Hän ei enää välittänyt häntä katsovasta naamioituneiden ihmisten ryhmästä.

Siinä vaiheessa hän saattoi ajatella vain polttavaa tunnetta pillussaan ja nänneissään.

Sormet jatkoivat kiihkeää työtä.

Catherine eteni nopeammin ja nopeammin ja voimakkaammin.

Julian ruumis nykisi.

hän voihki.

Catherine tunsi Julian olevan ensimmäisen orgasminsa partaalla, joten hän työskenteli vielä kovemmin sormien kuumaa pilluaan.

Julia kiemurteli, voihki ja hänen selkänsä kumartui.

Julia huusi äänekkäästi ja hänen sormensa käpristyi, sitten hänen vartalonsa rentoutui.

"Se on ensimmäinen orgasmi tähän mennessä", Catherine hymyili katsoen alas pillumehun peittämiin sormiinsa. "Nyt on orgasmin numero kaksi aika. Mutta tämä tulee olemaan hieman vaikeampi. Voit lopettaa milloin haluat. Valmis?"

"Joo."

Catherine napsautti sormiaan, ja kaksi naamioitunutta alastonnaista tuli luokse ja kietoi nahkaremmit Julian käsien ja nilkkojen ympärille.

He ohjasivat Juliaa niin, että hän oli polvillaan.

He ojensivat kätensä Julian käsiin ja nilkoihin kiinnittäen ne koukkuihin maassa.

Julia oli kasvot alaspäin, täysin sidottu ja avuton.

"Viimeinen testisi on seitsemän tuumaa takapuolellasi. Älä huoli kitty, käytän sinulle runsaasti voiteluainetta."

Julian silmät laajenivat.

Hänen ranteidensa ja nilkkojensa olkahihnat olivat tiukkoja, eikä hänellä ollut minnekään mennä, ellei hän päättänyt lopettaa, mikä lopettaisi hänen suhteensa Catherinen kanssa pysyvästi.

Hän kieltäytyi luovuttamasta, vaikka hän tunsi Catherinen sormien työntyvän hänen pohjaansa.

Sormet peitettiin paksulla voiteluaineella.

Sormet tutkivat hänen pientä peräaukkoaan niin pitkälle kuin vain pääsivät.

Catherine ei ollut kovin mukava.

Se oli hänelle liiketoimintaa.

Joten Julia yksinkertaisesti laittoi naamioidut kasvonsa lattiaa vasten ja hyväksyi sormen tunkeutumisen perseensä sisään.

"Aion käyttää penishihnaa, jota olet nähnyt minun käyttävän niin monta kertaa pehmusteellani", Catherine sanoi nojaten Julian vartaloa vasten. "Ajan aluksi hitaasti, mutta toivon, että jatkat minun tahtiani myöhemmin."

Tuolloin Julialla oli muistoja kaikista naamioituneista miehistä, jotka olivat olleet analyyttisiä Catherinen erilaisten rannekkeiden takia.

Julia oli kuvitellut olevansa alistuvassa roolissa niin monta kertaa aiemmin.

Mutta hän ei ollut koskaan uskonut, että se todella tapahtuisi hänelle.

Valjaiden kärki painui lujasti Julian peräaukkoa vasten.

Catherine käytti käsiään levittääkseen Julian pakarat erilleen, jolloin seksiobjekti pääsi pieneen reikään.

Julia voihki äänekkäästi, kun esine meni hänen kehoonsa.

Se pääsi hitaasti peräsuoleen sisään.

Hän puristi kätensä tiukasti ja puristi hampaitaan.

Kun esine jatkoi hidasta matkaa perseeseensä, hän haukkoi henkeään ja huokaisi.

Hän jatkoi, kunnes Catherinen haara painui hänen takaosaa vasten.

"Rohkea tyttö", Catherine sanoi Julian korvaan. "Useimmat ihmiset olisivat luovuttaneet tähän mennessä. Et sinä. Olet melkein valmis. Tämä tuntuu hyvältä hetken kuluttua."

Catherine vetäytyi hitaasti Julian peräsuolesta, työnsi sitten kevyesti vetäen sitä syvälle sisään vielä kerran.

käytti hitaasti Julian jännityksen mukaista rytmiä.

Jokainen työntö sai Julian voihkimaan.

Julia katsoi ympärillensä huoneessa, kun häntä söitettiin.

Naamioituneet vieraat olivat hiljaa ja katselivat esitystä.

Hän ihmetteli, mitä he ajattelisivat hänestä.

Hän ihmetteli, olivatko he innoissaan.

Hän pohti, halusivatko he myös päästä hänen perseeseensä.

Työntö Julian perseeseen jatkui.

Pian kipuun liittyi ilo.

Hänen nännensä ja pillunsa olivat edelleen kipeitä vaatteiden pidikkeistä.

Kipu kasvoi edelleen, mutta myös nautinto kasvoi yhtä tai enemmän.

Hänen peräaukkonsa särki edelleen seitsemän tuuman seksilelusta, eikä hän ollut aivan tottunut siihen.

Mutta hänen sisällään kasvoi outo ilo.

Oli jännittävää olla analyyttisen perseestä kaikkien nähtäväksi.

Se oli sensaatiomainen.

Työntötyöt muuttuivat nopeammiksi ja syvemmiksi.

Catherine osoitti vähemmän armoa ja vähemmän hellyyttä ja alkoi todella olla töykeä Juliaa kohtaan.

Juliaa kohdeltiin kuten kaikkia Catherinen alistuvia, mikä oli kohteliaisuus Julialle.

Se tarkoitti, että Catherine tiesi, että Julia oli riittävän vahva ja arvokas kantamaan peräaukon rangaistuksen.

"Tunnen orgasmisi lähestyvän", Catherine sanoi työntäessään. "Tule luokseni, kulta. Tee se ja liity klubimme."

"Yritän", Julia huokaisi.

"Ehkä tämä auttaa, kitty."

Catherine kurkotti alle ja alkoi leikkiä Julian klisillä samalla kun hän sodomisoi häntä.

Julian seksuaalisuutta hyökättiin kaikilta puolilta.

Hänen nännit kipeytyivät.

Hänen huulensa kipeytyivät.

Hänen peräaukkoaan ja peräsuoleansa lyötiin armottomasti.

Nyt hänen herkkää klitoistaan hierottiin.

"Herranjumala!!!" Julia huokaisi.

Nuoren naisen selkä kaareutui rajusti, ja hänen kätensä ja jalkojaan puristettiin kaikesta voimastaan.

Nesteet tulivat hänen pillusta ja peittivät lattian.

Toisen kerran hän tuli kaikkien eteen vielä kerran .

"Onnittelut", Catherine sanoi hieroen Julian hiuksia. "Olet nyt seuramme jäsen."

Catherine poisti hitaasti seksilelun Julian takaosasta ja nousi seisomaan.

Hän katseli Juliaa maassa.

Julia oli tällä hetkellä seksuaalisesti uupunut ja palasi hitaasti itseensä.

Muut naamioituneet naiset tulivat irrottamaan Juliaa ja irrottamaan puristimet hänen nänneistä ja kusista.

Julia nousi seisomaan, ja muut huoneessa olleet naamioituneet vieraat antoivat uudelle jäsenelleen aplodit.

EPILOGI

Kuusi kuukautta myöhemmin.

Julialla oli kaunis mekko yllään odottaessaan hississä.

Hänellä oli kädessään suuri keltainen kirjekuori.

Saavuttuaan kerrokseensa hän tervehti sihteeriä tutulla hymyllä.

Sitten hän meni Catherinen toimistoon.

Naurua vaihdettiin ja Catherine avasi kirjekuoren katsoakseen äskettäin kehitettyjä kuvia heidän istuessaan.

"Olet päihittänyt itsesi ", Catherine huomautti katsoessaan valokuvia. "Hienoa työtä. Kamerakulmat, valaistus, ajoitus. Nämä ovat täydellisiä. Ystävämme klubilla rakastavat niitä."

"Kiitos. Toivottavasti pidät niistä."

"On sääli, että näiden kuvien on pysyttävä yksityisinä. Valokuvaajan lahjakkuutesi pitäisi tunnustaa paljon useammin."

"Sinun tunnustus riittää", Julia sanoi rohkeasti.

Catherine hymyili.

"Mikä suloinen tyttö."

"Näin shekini olevan sihteerin pöydällä. Olen varma, että se on toinen antelias maksu, josta olen erittäin kiitollinen. Mutta tänään toivoin jotain vähän enemmän... ylimääräistä..."

Catherine kyyristyi toimistoonsa ottaakseen housut pois hameensa alta.

"Erittäin hyvä. Sinulla on kolmekymmentä minuuttia ennen seuraavaa tapaamistani."

"Kiitos."

Julia lähestyi työpöytää epävirallisesti.

Hän yritti piilottaa kärsimättömyytensä, mutta he molemmat tiesivät, miltä Juliasta todella tuntui.

Catherine levitti jalkansa ja näki Julian putoavan polvilleen.

Raja oli kolmekymmentä minuuttia, joten Julia ei haaskannut aikaa dominoivan rakastajatarnsa pillua syömiseen, kunnes saavutti orgasmin.

LOPPU

69